36484

DU TRAVAIL.

DU

TRAVAIL

(LES AVANTAGES, L'AMOUR, L'UTILITÉ)

PAR

 V.or FRANKLIN-BERGER,

AVOCAT.

PARIS,

CHEZ DENTU, LIBRAIRE-ÉDITEUR,

Galerie d'Orléans, Palais-Royal.

1862.

DU TRAVAIL.

PREMIÈRE PARTIE.

Quel tableau sublime, quel noble texte pour l'homme, que la contemplation de l'univers! Quelle magie, de voir l'activité qui règne au sein des éléments de la nature! Loi organique d'action imprimée au monde par Dieu lui-même, afin qu'il se conserve, se maintienne en équilibre, et progresse vers l'éternité!...

Dans les cieux, les astres roulent sans cesse et se renouvellent, pour nous distribuer tour à tour l'ombre et la lumière.

1*

Dans les océans, tous les êtres qui vivent, se remuent et travaillent, depuis le polype jusqu'à la baleine; les eaux elles-mêmes circulent et s'agitent pour ne point se corrompre.

Dans les champs, dans les bois, par le moyen de la séve, l'activité est à la surface quand la chaleur est au centre.

Dans le règne animal, les animaux eux-mêmes nous donnent l'exemple du travail. Les castors, les abeilles, les fourmis construisent, font des provisions, vont en quête et se civilisent; tandis que les frelons paresseux, les guêpes stériles, les cigales, languissent ou périssent faute de prévoyance.

Par là tout se maintient, s'augmente, se reproduit.

Le travail, le mouvement, l'activité, sont donc les puissances, la vie, l'harmo-

nie des mondes, la règle intégrante de
leur durée!.......................

....

....

Du complet dénûment où Dieu a placé
l'homme sur la terre, dérive invinciblement pour lui la loi d'efforts, de travail,
afin de se maintenir d'abord et de progresser. Mais, comme il lui faut beaucoup de
temps pour que ses facultés, fort multiples,
se développent, il est nécessaire que, dans
sa première enfance, on secoure ses infir-
mités en faisant pour lui tout ce qu'il ne
pourrait faire lui-même, n'ayant encore ni
la force ni l'intelligence pour se diriger.

Bien que les hommes, à quelques nuan-
ces près, soient tous formés sur le même
patron, qu'ils soient soumis à des besoins
analogues, cependant leurs caractères et
leurs aptitudes varient à l'infini sur l'é-

chelle anthropologique, par le bord physique comme par le côté moral; à ce point
que, le plus souvent, la diversité même par
le contraste, devient la règle des caractères. De cette variété native, résulte aussi
la légitimité de leurs goûts et de leurs besoins divers à se satisfaire, dont les grands
politiques tiennent compte, pour coordon-
ner d'ensemble les mœurs des nations qui
leur sont soumises.

De là, il est indispensable et juste que
l'être humain, né essentiellement pour
vivre libre, ne soit rigoureusement soumis
que tant qu'il est incomplet, à la règle et
aux volontés d'autrui; s'il était éternelle-
ment assujetti à la loi d'un autre pour satisfaire ses besoins et ses goûts, il serait
esclave, et partant malheureux. Or, pour
qu'il puisse un jour voler légitimement de
ses propres ailes, il faut que la loi du tra-

vail lui incombe à son tour, comme elle liait jadis le père et la mère qui ont pris soin de lui, comme elle obligeait l'instituteur qui l'a élevé, le gouvernement qui l'a protégé.

C'est par le complet développement de ses facultés de trois ordres : instinctives, morales, intellectuelles, c'est-à-dire du corps, de l'esprit et de l'âme, qu'avec la liberté d'action, la loi du travail devient inhérente à sa nature organique, de même que le sang qui l'anime est soumis à l'air respirable, de par la volonté toute puissante de l'ouvrier sublime qui l'a ainsi créé. C'est là la condition suprême d'être homme ou de ne l'être point.

Aussi, aux yeux sagaces du philosophe, c'est de l'amour seul qu'a l'homme pour le travail, de son application, de son perfectionnement en tous genres, de ses œuvres dans les arts mécaniques, dans l'industrie, dans les arts libéraux, les sciences physiques, sorties lentement de ses mains vaillantes, par les jets lumineux de son cerveau; c'est de la morale découlant à la fois pour lui de ces sources augustes, que dérive la civilisation des peuples, et avec cette civilisation, leur valeur réelle dans l'ordre historique.

Si l'on veut se convaincre de cette vérité fondamentale « que le travail est le second père et le bienfaiteur du genre humain » lisez l'histoire de tous les peuples, tant dans l'antiquité qu'aux temps modernes, et vous verrez que c'est sur le degré d'industrie, fruit suave des labeurs de l'homme, qu'est assise, non-seulement la grandeur matérielle des générations successives, mais encore leur grandeur morale. Ainsi, dans l'ordre des temps, c'est le travail qui

devient le levier d'Archimède, au moyen
duquel l'homme, seul des êtres créés, re-
mue le monde, le façonne, le métamor-
phose à sa fantaisie. Il résulte invinciblement de cette alchimie constante, un perfectionnement relatif, que les nations qui
s'éteignent lèguent aux nations qui les rem-
placent, avec la charge de transmission future aux peuples qui viendront après elles.

L'importance de l'éducation et de l'instruction de la jeunesse ressort de tout ce
que nous venons de dire ; comme il dérive
aussi des appréciations physiologiques de
sa tendre structure, que l'homme, dans
les premières années de sa vie, n'est point
propre à des occupations pénibles. Il n'a
point encore assez de force physique, assez
d'intelligence pour être occupé fructueuse-
ment à des travaux assidus, sans que sa
santé et sa constitution en souffrent.

Cette vérité manifeste a été sentie par tous les philanthropes éclairés qui ont eu la mission d'élever la jeunesse pour fonder sur elle le bien-être social ; par ceux surtout qui, ministres d'État, ont réglementé la nature et la durée du travail pour l'enfance, occupée dans des manufactures ou à des travaux agricoles ; dans ce dernier cas, les dangers pour elle sont moins imminents (1), l'oxygène rétablissant l'équilibre.

Or, comme il importe essentiellement à l'État, que les enfants, qui un jour seront des citoyens, soient habitués de bonne heure à des labeurs profitables, la première et la plus douce occupation à leur im-

(1) Il n'existe point de loi spéciale pour le règlement du travail des enfants occupés aux travaux des champs ; c'est l'humanité et le bon sens pratique des fermiers qui y suppléent. — En Angleterre, le travail a été réglé dans les manufactures à la demi-journée pour les adolescents ainsi que pour les femmes. La loi française exige 72 heures par semaine. C'est beaucoup trop. (Loi du 22 mars 1841.)

poser, c'est celle qui embrasse l'éducation et l'instruction primaires, modifiant au besoin celles puisées au sein du foyer domestique, dont le père et la mère sont les fondateurs innés.

Ces écoles, établies par le Gouvernement dans le plus grand nombre des communes de France, laissant, avec raison, aux pères de famille le choix et l'initiative quant à l'exécution, sont devenues aujourd'hui ces sources de lumières primordiales, où l'habitant peu aisé des villes, des villages, des hameaux, vivant modestement du travail de ses mains, trouve pour ses enfants de l'un et l'autre sexe toutes les doctrines élémentaires, lui qui ne saurait comme le riche opulent les faire élever dans les colléges, où on les prépare à d'autres études professionnelles, scientifiques ou des arts et métiers.

2

Les écoles primaires, déjà au nombre de
65,232, d'après la statistique des économistes, recevant plus de 4,016,923 enfants de tous âges, sont les vrais arsenaux
de la jeunesse, où s'élaborent leur corps
et leur esprit, où se trempe sainement leur
âme en l'accoutumant par la règle à la
soumission au travail dès ses plus tendres
années. Par cette règle uniforme, on voit
se révéler ses premiers penchants, ses premiers goûts, et plus tard les aptitudes qui
doivent la faire réussir dans une profession
raisonnée, selon le rang, la fortune, l'ambition même des père et mère dans l'ordre
social.

Chacun sait que l'émulation, qui ne peut
exister pour la jeunesse que dans les écoles
publiques, est le plus puissant mobile de
l'amour-propre de l'homme à bien faire.
Entre jeunes gens cette émulation éclate

sans dangers ; rivaux soucieux du triomphe, seulement pour avoir le prix, surtout lorsque la couronne n'est donnée par les juges impartiaux de la lutte qu'à l'élève qui l'a méritée ; car il ne faut pas oublier que de l'injustice des maîtres envers tel ou tel élève, peut naître une passion funeste nommée l'envie, mère de la haine, qui, poursuivant longtemps le jeune homme qui en fut la victime, influe fatalement sur son esprit, ses mœurs, son caractère, quand elle ne le rend pas misanthrope. Il faut avoir assisté soi-même à ces nobles combats du collége, à ces luttes brûlantes des écoles, dans lesquelles les prix de l'application, du savoir, du talent ne sont accordés qu'au vrai mérite, pour se faire une juste idée de l'importance que les jeunes gens attachent à ces insignes honorifiques et surtout à la justice qui préside à ses choix. C'est là seulement que se révèle la vertu native du point d'honneur ; si bien que chaque concurrent, s'il était pris pour juge, balancerait longtemps, à égalité de droits, pour se couronner lui-même, redoutant avant tout la censure de l'aréopage littéraire, témoin à son tour et juge suprême du combat.

On le voit, et je ne pourrais insister assez sur cette vérité de premier ordre, que c'est au sein des écoles que se révèlent en germes les premières vertus du citoyen, surtout lorsque les doctrines qui y sont enseignées, fondées sur les mœurs, les lois sages qui en dérivent, la justice, fille de l'équité, la morale et la religion qui seules élèvent et épurent tout le reste, sont la base de l'enseignement.

C'est dans ces cours publics que les leçons de l'Évangile, par leur esprit de tolérance céleste, faisant entendre des échos sublimes, reçoivent leur première application dans la pratique de ces chaleureux et divins préceptes : « Aimer le prochain comme soi-même. » — « Ne pas faire à autrui ce que nous ne voudrions pas qui nous fût fait. »

Toutes ces règles si douces d'humanité, de charité, d'amour céleste, de justice, pour une conscience ferme, le *justum et tenacem* bien rare, et qui se développe si lentement dans la société, au milieu des ambages qui l'encombrent, toutes ces vertus civiques, surgiront saines et triomphantes de nos écoles publiques, lorsque les instituteurs de l'enfance sauront unir pour elle le précepte à l'exemple.

En contraste, c'est des écoles que s'échappent les plus grands désordres (1) et non

. (1) Les nombreuses atteintes à la pudeur, exercées

2*

du foyer domestique, ainsi que plusieurs moralistes le prétendent, quand l'injustice, par le dérèglement des maîtres, est venue déteindre sur les élèves, car alors ces détestables désordres débordent et désolent le corps social.

Je dis du collége et non du foyer domestique. En effet, lors même que les pères de famille auraient des vices, quand ils ne développeraient pas par des leçons les germes des naissantes vertus de ces tendres créatures, ils ont un intérêt si direct, si immédiat à former le cœur de leurs enfants, que par égoïsme même, sinon par tendresse, le plus grand nombre a soin de leur cacher ses faiblesses, de leur faire aimer la morale, lors même qu'il ne la pratique pas.

trop souvent par des instituteurs de tous ordres contre les jeunes élèves des deux sexes, révélées journellement par les Cours d'assises, sont une triste preuve de la vérité que j'avance. J.-J. Rousseau en parle dans son *Émile.*

Et d'ailleurs, le foyer domestique n'est point fondé tout d'une pièce ; quand le père a des vices, la mère a des vertus, *et vice versâ*. Or, dans les jeunes années, c'est la mère qui est le suprême instituteur de la famille. Je dis plus, lorsque la mère a des mœurs elle a également des préceptes qui découlent à flots pressés de son noble cœur, repoussant les influences coupables des mœurs équivoques ou par trop relâchées du père. Si un moraliste nous a laissé pour adage : *Talis pater, talis filius,* c'est surtout de la mère à la fille que cette sentence est infaillible, que ce soit au bien comme au mal qu'on l'applique.

Mais c'est assez nous étendre sur ce chapitre, pour prouver l'influence des mœurs paternelles sur les enfants. Il existe d'ailleurs assez de livres sur l'éducation qui confirment tout ce que je viens de dire, pour que je me contente d'exposer ici seulement ce qui est indispensable à mon œuvre.

Venons maintenant aux trois grandes propositions de cet ouvrage.

L'amour du travail, son utilité, ses avantages; ce sont trois termes dont l'un est contenu dans les deux autres, tant ils ont de connexité et d'influence les uns sur les autres, par leur réciprocité.

Théorème que nous allons vérifier.

Puisque ce sont les vertus du foyer domestique qui forment les mœurs des nations et composent les liens qui les unissent, prouver que c'est l'amour du travail, joint à l'ordre, qui façonne les mœurs de la famille et concourt à la grandeur des nations, c'est conclure qu'il est le fondateur de la société civile (1).

(1) Dans son message du Nord, où M. Lincoln a si

Il ressort de cette vérité capitale que les père et mère, après avoir inspiré par l'exemple, cent fois plus puissant que la règle, l'amour du travail à leurs enfants, en leur faisant voir par mille faces, les avantages qui en résultent, ne sauraient leur donner trop tôt les habitudes de l'occupation appliquée à la profession qu'ils leur destinent, aussitôt qu'ils sont sortis des écoles, selon la place et le rang auxquels ils sont appelés, disons-nous, par

nettement exposé la politique et les vues du cabinet de Washington sur les points qui divisent le Nord du Midi d'Amérique, se trouve le passage suivant sur l'appréciation du travail.

« Le travail, dit ce grand homme d'État, est antérieur « au capital, et il en est indépendant; le capital n'est « que le fruit du travail et n'aurait jamais existé si le « travail n'avait existé auparavant : le travail est supé- « rieur au capital et mérite une beaucoup plus haute « considération. Qu'est-ce en effet que le travail? C'est « l'épargne accumulée, et l'épargne accumulée est le « produit direct du travail. »

leur naissance ; soit qu'on les destine à la culture des champs, au rabot, à la scie ou à quelque profession libérale. Dan tous les cas, le père prévoyant consultera les goûts et les aptitudes de son fils ; car pour être sûr qu'il profitera, fructifiera il faut qu'il aime sa profession. Or, ce amour ne peut naître en lui que de l'ap plication, croissant sans cesse de la réus- site, par les satisfactions de l'amour-propre

Cette habitude à l'action est d'autan plus importante pour l'homme, qu'avec la santé, le contentement de soi qu'elle entretient en lui, chaque œuvre sortie de ses mains profite, non-seulement à lui- même, mais à ses semblables ; ceux-ci à leur tour le lui rendent.

Le blé du laboureur, les fruits en tou; genres qu'il recueille à la sueur de son corps, à l'aide des combinaisons de l'es prit, outre qu'ils le nourrissent lui et sa famille, qu'ils enchantent sa vie par les plaisirs qu'il trouve à les faire, à son gré, sortir de terre., l'enrichissent d'abord, et tournent nécessairement ensuite à l'avantage des masses qui les recueillent après lui.

Les œuvres de l'artisan des villes ont encore la même destinée ; en faisant la richesse de celui qui les crée, elles servent au bien-être de ceux qui les achètent et, honorent par leur perfection même, le peuple dont cet artisan est un membre utile.

De même dans les œuvres des beaux arts ; dans tous les âges, les sculpteurs, les grands peintres, les architectes, ont joui du fruit de leurs chefs-d'œuvre, en dotant par là magnifiquement la postérité reconnaissante.

Les sciences, les lettres, n'ont pas seule-

ment charmé Pline, Virgile, Horace, et
la cour d'Auguste en immortalisant son
siècle, elles ont encore éclairé les âges, en
donnant des leçons de goût, de morale et
de sagesse, aux générations, dignes hé-
ritières de leurs œuvres ; et, par la transmission de leur génie à d'autres grands
hommes, ces rares intelligences ont voué
leur vie à l'immortalité !

Les immenses travaux d'Aristote ont eu
le même sort. Sa philosophie, sa politique, sa physique surtout, et sa morale,
ont étonné tour à tour et charmé les
siècles ; ce sont elles qui ont fourni à
l'esprit humain de nombreux points d'ap-
pui pour se conduire dans les hautes
régions de la métaphysique la plus transcendante, en lui faisant trouver des vé-
rités manifestes à côté des erreurs nombreuses qu'elle cachait.

Nihil est in intellectu quod prius non fuerit in sensu.

C'est donc le travail de l'homme qui fonde le bien-être de l'homme. Assertion dont les preuves jailliront éclatantes dans les développements de cet ouvrage, par des exemples apportant en eux la conviction la plus manifeste. Sous les inspirations du Grand Etre, le travail de l'homme, métamorphosant le monde sans relâche, tout ce qu'il conçoit, exécute, soit pour ses plaisirs, ses jouissances de cœur, ou ses besoins matériels, n'a pas d'autre but.

Que si, pour notre instruction sur un tel point, nous venons à remonter les temps, nous verrons, en proclamant ce principe, que les œuvres des anciens le consacrent ; elles sont toutes marquées, en effet, au cachet natif de leur origine :

3

elles sont simples comme leur génie nais-
sant, souvent rudes et incomplètes comme
lui. La guerre, l'agriculture, les arts mécaniques en enfance, sont le grand cercle
que les peuples industrieux parcourent, le
fécond pivot sur lequel ils tournent. Les
premières villes de l'Egypte, de la Médie,
de la Perse, de l'Asie, de l'Asie qui vit
lever sur elle les premiers soleils du génie,
et qui, par ses beaux arts, soumit morale-
ment l'ancien monde ; toutes ces villes,
disons-nous, de l'Orient, du Latium, de
la Grèce, ne firent, primitivement qu'é-
baucher les arts manuels pour arriver à
être les maîtresses du monde. Carthage,
Ninive, Athènes, Rome, d'abord guerrières
ou commerçantes, animées de l'esprit de
la domination par la gloire, ne sentirent
le bien-être de la paix, que lorsque l'a-
mour des beaux-arts, de l'industrie, du

commerce, des sciences et des lettres, eut pris la place de la fureur des conquêtes qui les avait fait naître et se développer.

Pourquoi cela, dira-t-on peut-être?

Le voici :

Ce n'est que lorsque les peuples peuvent compter sur le lendemain et jouir en paix du fruit de leurs travaux, qu'ils se livrent à cœur joie à la culture des sciences et des arts, qui deviennent l'instrument le plus puissant des grandes œuvres. C'est seulement alors qu'ils perfectionnent, redoutant dans un émule la prééminence; ils s'ingénient alors à se surpasser eux-mêmes, pour atteindre à la perfection. Voilà pourquoi ce fut Athènes, qui, la première des villes grecques, fut l'institutrice des autres villes, même antérieurement ses rivales, par le seul ascendant de ses lumières et de son langage inimitable.

Dans tous les temps, ce ne fut donc que sur cette échelle de l'émulation qu'on vit le perfectionnement dans l'œuvre, à quelque degré qu'on le conçoive. De là, il est peu d'inventions dans l'arsenal sans bornes des conceptions de l'homme, qui soient perdues pour l'humanité. Ce qui fait encore que le travail d'un jour vit des siècles, c'est que, s'il est vraiment utile on le perfectionne, s'il est stérile on le néglige. L'art du maçon, du menuisier, du serrurier, du laboureur, les premiers et les plus transcendants des arts par leur point d'utilité, travaux presqu'aussi anciens que le monde, furent honorés des sages à la mesure de leur valeur réelle.

Et triomphalis agricola rediit ad boves! (1)

Ce ne fut que lorsque l'esprit humain,

(1) Cincinnatus, deux fois dictateur et honoré du triomphe.

par la fougue de l'imagination et les raffi-
nements périlleux des sens, se fût fourvoyé
lui-même dans le champ sans limites des
découvertes, qu'il osa, l'aveugle ! placer
les arts du luxe, au-dessus des travaux
mécaniques, sans prévoir qu'à la mesure
de ses jouissances, pouvaient s'étendre un
jour ses besoins de jouir par la fantaisie
ou le caprice : tandis que, pour le sage,
les œuvres de l'homme devraient être
classées dans son estime , seulement
d'après les avantages que peut en recueillir le plus grand nombre.

. Cette pensée, qui peut paraître en notre
siècle un paradoxe à la façon de J.-J. Rousseau, il convient d'attendre, pour en dé-
cider, d'avoir lu tout cet ouvrage. En
effet, si les œuvres de l'esprit doublent ou
augmentent les jouissances des intelligences supérieures ; si les conceptions des

3*

artistes charment les loisirs et les goûts exercés et sûrs de l'homme du monde ; je dirai que les travaux seuls de l'artisan habile, concourent au bien-être de tous. Si les bons livres répandent les lumières, les mauvais livres enfantent les erreurs.... .

Tel est l'écueil.

Ce qui n'empêche pas, cependant, que les arts libéraux, la peinture, la statuaire, la musique ; les sciences physiques, la morale, surtout, en préceptes, en exemples, ne soient des œuvres par excellence, profitables aux nations qui les cultivent, et qui rehaussent d'autant leur gloire, comme je l'expliquerai tout à l'heure. On ne les vit guère briller et se répandre dans tout leur lustre, nous l'avons dit plus haut, que dans les bienfaits de la paix et des loisirs qui en sont le fruit ; surtout, lorsque la liberté politique leur laissa déployer leur bannière sans nul obstacle, et qu'elle les encouragea par sa haute raison.

Que si, en didactique, ce sont les préceptes qui instruisent, en morale, ce sont les exemples surtout qui éclairent et confirment.

Ainsi, après ces considérations générales sur les bienfaits du travail, voyons-le dans ses applications spéciales. Citons des exemples puisés dans l'industrie la plus simple, appliquée au plus ancien des arts.

Grâce aux incessants progrès que fait l'art de cultiver la terre, on voit journellement des paysans, dont la condition jadis était si triste, aujourd'hui vaillants agriculteurs, possesseurs seulement de quelques arpents de terre, élever, en la formant au travail, une famille dont la venue même est pour eux un nouvel élément de richesse, la nourrir avec les seuls produits de cette terre, inépuisable mine, que, selon les traditions du bon La Fontaine, ils fouillent et refouillent en tous sens, engraissent, humidifient selon les saisons, pour la contraindre à produire en une année, non pas une, mais trois ou quatre récoltes qu'ils livrent au commerce. Ces riches produits, vendus en temps utile, sont pour lui des sources de bien-être : par eux, en effet, il bat monnaie sur les marchés de la ville, et, en escomptant savamment ses fruits, il fait rendre à cette terre féconde cent pour cent de ce quelle lui coûte. Toujours libre, toujours maître de lui au moyen du travail de ses mains, il fait un sort heureux à tous ses enfants, qui le remplaceront un jour, et suivront ses traces, ayant appris de lui cette leçon, que rien n'est plus doux, plus glorieux pour l'homme, que de vivre et se moraliser à la source sacrée du produit de ses peines !....

Dans un autre ordre de choses, voyons un artisan, un ébéniste, père de famille, qui par son talent (1), son application, son savoir, sa probité dans son industrie, possède la confiance publique, à ce point d'obtenir l'entreprise d'un mobilier princier, ou de quelqu'œuvre d'art pour une exposition ou un musée. Cet homme laborieux, en même temps qu'il occupe, dirige, éclaire des milliers de travailleurs

---

(1) Tel, à la fin du dix-huitième siècle, fut Roubo, dont la vie théorique et pratique sert encore d'enseignement à l'École des Arts et Métiers. Ce vaillant et ingénieux ouvrier obtint une renommée européenne, par son génie, à travailler et disposer les bois : sa coupole de la Halle au blé, son escalier en acajou massif de l'hôtel Marbeuf, etc., sont des ouvrages de premier ordre. Par décret du 18 fructidor an III, la Convention accorda à sa veuve 3,000 livres, en récompense des services rendus à la patrie par son mari, qui avait perfectionné cet art utile.

sous ses ordres, qu'il nourrit avec eux leurs familles, acquiert en quelques années pour lui-même, avec la gloire qui s'attache toujours aux grandes œuvres, la richesse et le bien-être qui en sont le prix.

Aux temps modernes, l'industrie manufacturière a fait tant de progrès par la voie neuve et féconde de l'association en commandite, qu'on voit journellement des industriels de premier ordre établir des ateliers, fonder des entreprises en tous genres, par toute l'Europe, mais surtout en Angleterre et en France ; dans ces manufactures ils emploient des milliers d'ouvriers, munis de bon livrets, qui trouvent dans ces laboratoires de l'industrie un ample salaire pour élever leurs familles en enrichissant encore le patron philanthrope qui les fait vivre; tandis que de malheureux ouvriers isolés, livrés à leur libre arbitre, sans aucun guide, végéteraient dans l'impuissance faute de pouvoir s'établir et de savoir gagner la confiance publique, et, avec elle, un port assuré.

En manufacture, c'est la règle seule de l'atelier, exprimée en la volonté sage du maître, qui devient la sauvegarde des employés, par la solidarité qui dérive de l'agrégation de leurs travaux ; surtout, quand au désir de bien faire, vient se joindre l'amour-propre louable de se surpasser les uns les autres, sans rivalité, sans envie, sans haine, mais par le seul mobile de répondre à la confiance du directeur.

Ainsi, le génie d'invention, d'exécution qui réside dans la tête de l'inventeur se propage et s'étend de proche en proche, et profite à la fois à tous les employés.

Mais, puisque c'est par des exemples

surtout que les idées s'associent, s'étendent dans les esprits et acquièrent droit de domicile, je citerai, en imprimerie, un industriel émérite, qui, par la combinaison de son entreprise, a eu l'art ingénieux d'associer les artisans de sa fortune aux profits et pertes de sa maison. Ces ouvriers sont liés entre eux, par une communion d'intérêts, à ce point d'élévation et de charité, qu'ils ont fondé en une retenue, une caisse de secours pour les infirmes et pour la vieillesse : preuve vivante de tout ce que peut le travail pour moraliser les hommes !

Tels, au commencement du 19e siècle, furent deux hommes supérieurs, vrais génies de l'industrie, Jacquard et Obercampf, eux qui, par les améliorations salubres et savantes, apportées dans les procédés de fabrication des tissus de soie

et d'indienne, ont mérité le titre de bienfaiteurs des hommes, joint à la reconnaissance de la postérité. Jacquard surtout,
dont les découvertes fécondes, en excitant
l'envie, eurent non-seulement à lutter
longtemps pour triompher de la routine
et de l'ignorance, mais encore firent re-
douter à leur auteur le sort de l'immortel
Galilée. Tant il en coûte aux grands
hommes pour se faire reconnaître de leur
siècle, lors même qu'ils n'ont en vue que
le bonheur de leurs semblables !

Après les travaux mécaniques, viennent
à leur tour les beaux arts, la musique, la
statuaire, la peinture ; sublimes inspirations, qui, depuis Amphion jusqu'à Berlioz,
depuis Apelles jusqu'à Delacroix, ont formé le goût, épuré et élevé l'esprit de leur
temps, agrandi et charmé les siècles en
glorifiant les artistes, en adoucissant les

4

mœurs publiques. Ces œuvres occupent
une noble place parmi les trésors de l'esprit
humain : ce furent en effet les beaux arts
qui donnèrent tant de lustre au siècle de
Périclès à Athènes, comme les lettres, par
l'éloquence, au siècle d'Auguste, comme
les sciences, la philosophie, les lettres et
l'éloquence sacrée, grandirent et glori-
fièrent le siècle de Louis XIV.

Maintenant, avant de faire voir par
d'autres exemples les avantages qui dérivent de l'amour et de l'utilité du travail,
montrons, pour édifier l'esprit du lecteur
sûr un tel point, ce que peut devenir, en
contraste dans la société, l'individu aban-
donné sur les plages arides de l'incurie,
de l'indolence et de la paresse, à ce point
d'être incapable d'un travail quelconque.

Si ce malheureux oisif, si cet être para-
site se trouve dénué des premiers élé-

ments du bien-être, il se constitue le ven-
geur du sort, et partant l'antagoniste du
riche et des gens heureux qui ne doivent
leur bonheur qu'à eux-mêmes; de là, ennemi juré de tout ce qui étant ordre et
règle, fait obstacle à sa cupidité, il attaque
sans cesse, obliquement ou de front, ceux
qui possèdent, et porte le trouble et la
terreur dans la société. Il emploie toutes
les ruses de guerre, toutes les basses fines-
ses, les entorses de l'obséquiosité, pour se
procurer ce qui lui manque, en donnant
carrière aux passions honteuses qui l'as-
siégent. Le vol, l'incendie, le pillage, le
viol par la surprise et le piége, sont les
formidables armes dont il se sert pour dé-
manteler le corps social, en portant la dé-
solation parmi ses membres; et quand,
par lâcheté, il s'arrête en terreur des lois,
c'est qu'il médite déjà le suicide, ne pou-

vant avoir de relâche dans sa vie de dé-
sordre et de crimes que dans la satiété ou
l'inconstance, qui deviennent quelquefois
le déplorable remède, par l'excès du vice,
à l'excès du mal. Autrement, ce serpent
social, ce tigre à tête d'homme, poursuit
sa marche jusqu'à ce que les prisons ou
les bagnes, ou mieux encore la mort juridique, en aient délivré la société.

Dans une autre catégorie d'individus,
je veux parler de ces hommes qu'on dit
mal à propos privilégiés de la fortune,
parce qu'ils sont nés riches, mais qui n'ont
en effet su recueillir de leurs pères que
des biens matériels, sans aucune qualité
morale ; chez ces hommes avides, ces
mangeurs d'héritages, la fortune, sans
l'amour de l'ordre et d'une occupation
quelconque, devient le présent le plus funeste, puisqu'elle est le moyen le plus

puissant pour aiguiser, pour favoriser leurs besoins sans bornes ! ! Trop souvent le riche indolent, l'oisif opulent, n'emploient leurs revenus qu'à la satisfaction, non de leurs besoins, mais de leurs caprices, sans respect comme sans conscience des intérêts d'autrui, qu'ils violent à cœur joie et foulent aux pieds !

Les exemples des égarements de la richesse en ce genre sont si nombreux qu'il est inutile d'en faire l'application plutôt à tel qu'à tel autre monstre d'opulence et de faste ; personnages vains, sans autre titre que l'or qu'ils dissipent, ou le rang qu'ils usurpent et ne gardent jamais, fussent-ils de la race des rois fainéants !

Mais hélas ! si la paresse, chez le peuple, est le signe le plus formidable de sa dégradation morale par sa pauvreté.... que dire de ce vice honteux et abject,

4*

quand il est érigé en règle économique au
sein des États, comme il le fut jadis et
l'est encore chez certaines corporations re-
ligieuses des deux sexes, telles que les cou-
vents de moines et de nonnes, qui exploi-
taient la misère comme une vertu chré-
tienne, ouvrant, par l'humilité, les portes
du ciel!... Qu'on lise, pour s'édifier sur
un tel point, les appréciations de Montesquieu sur les influences du monachisme
en Europe, chancre social, plaie hideuse
que les influences mêmes de l'Évangile
n'ont pu guérir!

Mais, c'est assez étendre notre vue sur
ces lugubres régions déshéritées du ciel,
si long temps dégradées, désolées par
l'oisiveté de l'homme!

Revenons aux bienfaits du travail;
voyons, constatons encore ses métamorphoses, lui qui a changé la face du

monde, en régénérant l'espèce humaine, trempée dans un nouveau fleuve de vie par son éternelle activité.

Il nous importe donc de revenir aux idées fondamentales de cet ouvrage, l'amour du travail, son utilité, ses avan— tages, si éloquemment personnifiées en l'homme de ce siècle, le seul qui nous touche ici de près et nous intéresse.

Nous avons déjà vu que c'est l'instruc— tion seule qui rend l'homme accessible à l'industrie, et que, plus son esprit, son adresse, sont perfectionnés, plus haut il s'élève dans les œuvres des arts mécaniques ; il est essentiel de dé— montrer encore que, plus cette instruction est étendue, plus haut il s'élance aussi par les spéculations du savoir dans les œuvres de l'intelligence : la première de ces pro— positions étant déjà prouvée par les exemples que nous avons donnés de sujets appliqués à la culture des champs, au commerce, aux arts mécaniques, à l'industrie, individus nommés vulgairement artisans, classe d'homme essentiellement utile, il nous reste à présent à prouver la seconde.

Comme le corps social, surtout chez les nations modernes, se divise en une infinité de catégories, malgré son esprit d'égalité ; afin de ne pas laisser dans l'ombre la plus belle moitié du tableau, exposons en lumière la seconde proposition appliquée aux professions libérales, et faisons voir la place qu'occupent à leur tour les sciences et les lettres dans le mécanisme de l'ordre public.

Quoi qu'en ait dit Molière, le médecin doit occuper l'un des premiers rangs dans la société. Pour mériter son titre, examinons d'abord le rôle important qu'il joue dans le monde; si par son savoir, son utilité, son influence, il est ce que le constitue son état, une véritable providence pour l'infortuné qui l'appelle à lui.

Par ses connaissances, comme l'a dit Vitruve, le médecin doit embrasser la nature entière, afin de lui dérober ses secrets, et de découvrir de son œil profond, interrogateur, ses moindres désordres. Par ses vertus, il doit ressembler à Philippe, médecin d'Alexandre; par sa continence, à ce héros; par son apostolat d'humanité, attirant à lui la confiance, il subjugue, il peut guérir les esprits malades, de même qu'il remédie aux dérangements si multiples du corps, dont il sait rétablir l'équilibre par une médication et une hygiène savantes. Fils d'Apollon, il doit avoir au plus haut degré l'induction com-

parative, afin de découvrir les causes de
toutes choses pour pouvoir en juger les
effets, les combattre en temps utile et
triompher de la maladie. Ainsi, non-seulement il doit posséder à fond toutes les doctrines médicales anciennes et nouvelles,
pour en faire jaillir la vérité par une application rationnelle, mais encore il faut
qu'il observe sans cesse son malade, qu'il
l'étudie sous toutes les faces; autrement,
le plus souvent, les causes du mal lui
échappent, et il ne sait user que d'expé-
dients pour remèdes, et par conséquent ne
réussit pas dans son œuvre. Tandis que, si,
à cette flamme d'intuition et d'induction
qui brûle en lui, il joint le génie de pitié,
de charité qui sympathise, il ne se borne
pas à voir par ses yeux l'état du patient
qui l'appelle à son aide, afin d'induire
des symptômes, les raisons du mal qui le

subjugue ; il interroge aussi tous ceux qui l'approchent sur ses habitudes ; il s'enquiert du pourquoi de tout, et le constate dans ce but conséquent et profitable.

Ce ne sera donc pas les causes physiques seules qui seront l'objet de ses recherches ; mais il sondera profondément les causes morales, bien plus nombreuses et plus formidables dans l'état anormal de nos civilisations contemporaines ; causes parfois honteuses, vrais Protées, influant bien plus fatalement sur le malade que toutes les causes matérielles, et dont si peu de praticiens se préoccupent, dans la crainte de déplaire à leurs clients, tant cet art sublime est exercé souvent à la légère (1) !

(1) Dans les maladies de l'autre sexe, ce sont les causes morales, surtout les *secrets du cœur*, que tout médecin habile doit connaître et attaquer, faute de quoi il n'est qu'un empirique.

Mais c'est dans les temps désastreux des révolutions sociales, des guerres civiles, des pestes, des épidémies, alors que les désordres du corps se doublent de terreurs de l'esprit, que les travaux des médecins sont sans prix aux yeux des infortunés qui les réclament, puisqu'à un immense savoir ils joignent un dévouement plus immense encore ; au point de pousser la charité jusqu'à sacrifier leurs intérêts personnels, parfois même leur vie à celle de leurs malades, lorsque, sans cette abnégation absolue d'eux-mêmes, sans le secours de leurs bourses, les malheureux ne pourraient suivre leurs ordonnances.

Tel est le grand médecin du 19ᵉ siècle, toujours sur la brèche, comme le guerrier intrépide, il brave la mort pour sauver la vie (1).

(1) C'est dans cet esprit apostolique que le Gouverne-

Parvenu à ce point d'élévation du talent, c'est par le savoir lui-même qu'il arrive légitimement à une grande fortune, à une gloire immortelle, exprimée par la reconnaissance de la postérité qui la recueille comme un bienfait du ciel. Les travaux des Bichat, Broussais, Dupuytren, leurs veilles opiniâtres, leurs impérissables écrits, n'ont pas seulement enrichi ces grands hommes, ils ont encore formé Ricord, Velpeau, Bouillaud et tant d'autres, et tout en éclairant la science, ils ont doté l'univers savant.

Le légiste qui voue son ministère à la défense du juste contre l'injuste, du faible contre le fort, doit prendre pour *criterium*

ment a établi dans chaque arrondissement de Paris, dans l s grandes villes de France, dans les cantons communaux, des médecins pour les pauvres. Seulement le choix dans le personnel de ces apôtres, émules du Christ, répond-il toujours aux sublimes vues de l'institution?

5

de sa conduite, d'abord les inspirations de sa conscience, appliquée non à la lettre morte des lois, mais à l'esprit qui les anime. Ensuite, après avoir passé sa jeunesse à l'étude austère des Codes, il faut, quand il arrive à leur application par l'interprétation des doctrines, qu'il s'isole de toute passion personnelle pour chercher la source de la vérité, et c'est en son équité naturelle, pierre de touche infaillible, qu'il trouvera la lumière cachée au milieu des épaisses ténèbres dont les rusés, les fourbes, les cupides l'environnent. C'est là encore et toujours qu'il doit puiser ses preuves pour défendre ses clients devant leurs juges ou abattre ses adversaires.

Ce fut sur ces errements sacrés, sur cette base de la conscience antique, qu'épris de l'amour de la patrie qui battait en eux, les Démosthène, Périclès, Cicéron, défendirent, dans l'antiquité, leurs nombreux clients ou les grands intérêts de l'ordre public, par ceux de la république en péril. Les fruits de leur génie brillent encore de tout leur éclat dans les nombreux ouvrages qu'ils nous ont laissés. Ces livres, où nous puisons chaque jour des préceptes de justice et de raison transcendante, ont servi de fondement par leur substance aux principes des Codes de toutes les lois de l'antiquité, résumées par Justinien, et que la jeunesse apprend dans nos écoles.

L'avocat, disons-nous, dans les sociétés modernes, occupe une des premières places dans l'ordre civil et politique, soit qu'il défende des intérêts privés, soit qu'il emploie son talent comme député, comme ministre, à faire prévaloir sur les passions l'intérêt public en le conciliant sagement avec le droit des particuliers; jamais il ne doit perdre de vue la justice (1), qui seule doit inspirer sa parole et donner la force à ses arguments; sa parole sous laquelle on sent les vibrations de son cœur, comme le Verbe de Dieu éclate dans la conscience du juste. Et quand il a le bonheur de s'armer d'une noble cause pour secourir l'infortune ou la faiblesse assaillie par la force et la violence, quand il a, par exemple, la mission déli- cate et sacrée de plaider pour une femme méconnue devant des juges surpris, pré- venus contre elle, et appelés à rompre juri- diquement les liens qui l'ont enchaînée aux barbares caprices de son maître; quand il doit protéger la jeune fille pudique et ingénue contre les piéges habiles d'un monstre de séduction, c'est alors que, s'éle- vant à toute la hauteur de son génie, de sa

(1) La justice, dit Platon, est l'ancre de salut de toute société.

conscience indignée, il doit déployer dans toute la puissance de sa parole les ressources de son éloquence pour prouver l'innocence et le droit de sa cliente, convaincre l'Aréopage qui l'écoute et faire triompher sa cause!

Etiam si illabatur orbis impavidum ferient ruinæ!

De même quand il défend l'orphelin accablé sous les injustes attaques de cupides collatéraux qui veulent lui ravir son patrimoine : son savoir de légiste, sa vertu d'orateur, tout en lui doit porter la conviction dans l'âme de ceux qui l'écoutent; car en secourant ici le faible contre le fort, c'est à la société tout entière qu'il rend service; ce sont les intérêts de tous qu'il prend en main, la postérité devant recueillir un jour les enseignements qui découlent des arguments vainqueurs qu'il a fait valoir devant ses juges!

5*

Il faut encore placer au nombre de nos plus vaillants défenseurs de l'ordre et de la morale publique, sentinelles sauvegar- diennes du bien et de l'honneur des fa- milles, ces magistrats civils intègres et vail- lants, toujours en éveil; ces juges comme disait d'Aguesseau, les vrais palladium du foyer domestique, si peu rétribués, et dont le dévouement seul au devoir est la plus douce récompense, consacrant par dignité leur carrière aride, inamovible, à la re- cherche difficile et parfois périlleuse de la vérité, afin de faire triompher le droit sur l'injustice, sauver l'innocent, punir le cou- pable et trembler le crime!

En suivant ainsi l'échelle des professions laborieuses qui soutiennent puissamment le corps social et le glorifient en le mainte- nant en équilibre, je joindrai la mission de ces notaires, officiers ministériels si utiles à

la société qu'ils protégent au moyen des
contrats de famille, qui fixent avec la limite
des intérêts de chacun les droits des citoyens, en assurant ainsi les patrimoines,
établissant leurs qualités, leurs volontés,
leurs sûretés dans les actes d'achat ou de
vente, d'échange de propriétés, et cela
quand le ministère de ces officiers publics a
pour base la bonne foi, l'impartialité qui
doivent animer leur conscience. Tel est le
rôle important de ces hommes utiles.

Mais, dira peut-être la critique, pourquoi de si longs tableaux sur nos savants?

Je prévois l'objection et j'y réponds. Les
œuvres des artisans, des artistes sautant
aux yeux de tous, sont jugées facilement
par la foule; les travaux des intelligences
professionnelles, leur mission, leur utilité
échappent le plus souvent à la vue du plus
grand nombre; or, je n'écris pas ce livre

seulement pour mes juges (1) ; s'il a quelque valeur, il doit avoir pour suffrage l'opinion publique.

Poursuivons :

Les labeurs dévorants de l'homme d'État
servant son pays à la manière des Lhospital, des Sully, des Colbert, leurs travaux
d'économistes parlent haut et méritent l'admiration publique. Lhospital, arrêtant l'in-
quisition en France, proclamant la liberté
des cultes, faisant triompher la vérité en
un temps de fanatisme et d'horreurs; Sully,
augmentant les ressources de l'État, dimi-
nuant les taxes du peuple, opérant par
tout le royaume obéré la remise du restant

---

(1) La question du travail, qui est l'objet de ce livre, a
été proposée, en juin 1861, par une académie : les hautes
considérations qu'elle embrasse ici sont d'une actualité
si palpitante, que je ne veux pas attendre la décision
toujours pendante de cette académie, pour livrer mon
œuvre à la publicité.

de l'impôt de 1596 ; dictant des Mémoires sur la politique ; Colbert défendant les finances contre les prodigalités d'un roi imbécile ; Casimir Périer soutenant en 1815 les principes de 89, arrêtant les excès des conséquences en 1830, sous l'égide de l'autorité, mourant pour son pays comme Michel de Lhospital ; toutes ces illustrations politiques, ces intelligences supérieures, tous ces cœurs hardis méprisant la mort pour servir l'État, méritent par leurs desséchants travaux fondateurs de l'ordre, la vénération réservée seulement par les Grecs aux dieux antiques !

Ce sont des phares lumineux qui, lorsque mugissent de loin et éclatent les révolutions politiques, doivent éclairer les naufragés qui ne veulent pas mourir au port quand ils n'ont pas été assez sages, assez sur leurs gardes pour prévenir la tempête.

Je citerai encore en exemple :

L'Angleterre, qui ne doit sa puissance, sa force, sa liberté qu'à la vaillance de ses hommes d'État : les Pitt, Canning, Robert Peel. Robert Peel! industriel démocrate, devenu le plus grand ministre dont puisse s'honorer son pays. Vrai père du peuple qu'il avait affranchi de la taxe du pain, mort aussi grand philosophe qu'il avait été grand politique, en défendant à la Chambre des Communes le bill présenté par son père, tendant à régler le temps du travail des enfants et des femmes, accablés sous l'égoïsme des manufacturiers de Manchester.

Le Piémont doit s'enorgueillir de Cavour, tout récemment mort au laborieux triomphe de l'indépendance italienne; du droit contre l'iniquité.

Toutes ces vaillantes têtes, ces infatigables jouteurs politiques, défenseurs des intérêts des peuples, stipulant pour le genre humain, résument tous les avantages de l'amour du travail par la règle et de l'ordre par la loi du travail !

Ainsi, dans toute la hiérarchie sociale, les hommes utiles qui ont voué leur vie et leurs travaux divers au culte de l'humanité, sont les bienfaiteurs du genre humain et tiennent le plus noble rang dans cet ouvrage.

Tels encore les grands capitaines de tous les âges, qui, après avoir sauvé leur pays sur les champs de bataille, les Phocion, Thémistocle, Fabricius, Camille ; aux temps modernes, les Turenne, Villars, Catinat, Foy, Lamarque, Cavaignac le servent encore à la tribune : législateurs discutant, élaborant des lois ; la *loi*, guide infaillible de l'honnête homme, piége caché où se

heurtent et se prennent les passions déchaî-
nées contre l'ordre social.

Dans la carrière sans bornes des spéculations scientifiques, c'est même résultat
par le progrès. Newton, Descartes, Cuvier,
Arago, tous ces météores lumineux qui
doivent éclairer les âges, forment et seront
toujours la plus sublime page des annales
des nations civilisées.

Il existe encore aux temps modernes une
puissance morale active et forte, qu'il serait injuste de méconnaître, formée de la
phalange de ces athlètes intrépides de la
polémique française, ou mieux européenne ;
de ces grands et vaillants publicistes, éclai-
reurs avancés des questions politiques,
n'ayant d'autre passion que la recherche
du vrai par la liberté de dire, d'autre but
que la gloire et le bien de leur pays, et qui,
comme Bayard, sans peur et sans reproche,

en servant la patrie, meurent sur la brèche pour sauver leurs principes, souvent avant d'avoir pu atteindre le but.

Tels naguère furent Courier, Carrel, Chatelain, Marrast, âmes généreuses, qui, semblables à ce prophète biblique, Élie, expirant, jetant son manteau sur Élysée, ont légué leur noble héritage à ces hardis défenseurs des idées nouvelles ; nouveaux Évangélistes, les Jourdan, Laguerronnière, Granier de Cassagnac, Léon Plée et tant d'autres, dont le génie d'induction seul sait égaler la valeur à se défendre et à combattre, pour sauvegarder à leur point de vue les droits imprescriptibles du genre humain.

Les travaux historiques ont aussi leur valeur selon leur portée. Ils enseignent à vivre, à ceux qui les méditent, de la vie de ceux qui ne sont plus. Sénèque, Pline, Tite-

Live, Tacite surtout, ont fondé une école de vraie philosophie par l'histoire, plus profitable encore que celle d'Aristote, dont nous avons parlé. Le génie historique de Voltaire relève de cette école mâle et ferme dont Plutarque et Tacite sont les dieux, par la force de la pensée et la couleur de la forme. De nos jours, Thierry, Thiers, Lamartine et autres historiens politiques savants et profonds instruisent, par les peintures qu'ils nous retracent des mœurs en délire de nos aïeux, les contemporains qui s'y intéressent ou qui en ont été les victimes.

L'histoire brûlante des Girondins inspirant une invincible horreur du crime, nous fait mieux sentir le prix du calme et de la paix.

Les histoires de la Révolution française, du Consulat et de l'Empire, passées par la

source d'un grand cœur, d'un esprit sagace
et profond, nous enseignent tout ce qu'il en
coûte à un peuple déchu par ses excès en
tous genres pour se reconstituer en peuple
libre, sage sans sagesse, vertueux sans
vertu.

Maintenant, rétrogradant un peu et re-
montant les degrés les plus élevés de l'histoire, parlons des travaux gigantesques,
hors ligne, du plus grand conquérant du
siècle.

Napoléon Ier, lui, qui prenant pour règle
l'axiome du héros antique : « *Nihil actum
reputans si quid superesset agendum*, »
périt pour avoir poussé l'idée jusqu'à ses
dernières limites. Son administration, sa
constitution *civile et politique* (1) par les-

(1) Civile : pouvoirs administratifs et judiciaires à tous
les degrés (27 ventôse an VIII).

Politique : constituant tous les grands pouvoirs de
l'État (an VIII).

quelles il régénéra de fond en comble l'ordre
social, tous les changements opérés par son
génie (1), par ses immortelles lois du Code,
gloire nationale qui contient à la fois les
intérêts, les droits, les devoirs, les besoins,
les libertés d'un grand peuple dévoré par
ses passions, en butte aux nations rivales,
ne pouvant être fort que par lui-même,
tout ce qui est sorti des mains infatigables
de ce héros, fut coulé en bronze comme par
le bras d'Hercule, pour la postérité reconnaissante, à ce point de solidité et de puissance que c'est sur la base même de ce
monument, renversé mais non détruit,
qu'est assis de nos jours le nouvel édifice

(1) Le concordat de 1801 est l'une de ses œuvres par
excellence; le coup de maître de sa politique la mieux
inspirée, la plus transcendante. Seule elle constituerait la
gloire d'un grand génie, quand elle ne couronnerait pas
tant d'autres hauts faits impérissables!...

politique, constitutif de l'ordre et de la grandeur de la France.

Ainsi, pour le bonheur du genre humain, depuis l'œuvre la plus infime de l'ouvrier travailleur jusqu'à l'œuvre politique des Césars, des Charlemagne, tout concourt au bien de l'humanité et s'enchaîne dans les fastes de sa gloire; les uns font pièce à pièce les œuvres utiles, les autres celles de luxe; les appliquent, les classent, les coordonnent d'ensemble; tous s'en servent et en profitent; depuis l'allumette chimique, dont l'utilité reconnue est universelle, jusqu'au feu d'artifice qui charme la foule en ses jours de fêtes publiques, tous les travaux de l'homme servent à son bien-être et vont former, par le temps, un océan sans bornes de richesses où puise à pleins bords la postérité!

6*

SECONDE PARTIE.

Fortes creantur fortibus et bonis.
(HORACE.)

Nous voilà donc parvenus aux confins du siècle dernier. Voici le temps présent, temps brûlant de puissance et de force, qui nous envahit tous et nous entraîne de ses bras vigoureux, conviant hardiment les nations de l'Europe à l'union et à la concorde, criant à haute voix de marcher en avant, en se donnant la main, pour entrer dans le temple de la paix qui réconcilie les hommes et les glorifie.

Toutefois, n'oublions jamais, avant de décrire ce temps fécond, que c'est par les travaux accumulés de l'homme que la race humaine est devenue ce qu'on la voit aujourd'hui en plein dix-neuvième siècle, émancipée, affranchie du joug de la tyrannie et des préjugés sous lequel elle avait été si longtemps courbée.

Pour arriver sûrement au but, au complément de notre œuvre, il convient d'exposer maintenant par un travail synthétique les effets présumables des inventions et découvertes modernes et contemporaines sur la destinée future des peuples de l'Europe.

D'après les changements qui se sont opérés dans les esprits, les mœurs, les habitudes, les goûts des nations contemporaines, en France surtout, où les principes de 89 ont jeté de toutes parts sur le sol des racines profondes et vivaces : l'égalité devant la loi, le partage égal des biens entre les enfants, la liberté des cultes, celle de la conscience, la souveraineté du peuple consacrée par le suffrage universel, de toutes ces immortelles conquêtes de la raison publique sur l'iniquité, que doit-on présumer pour l'avenir des peuples qui succéderont en faisant toujours la part, autant que l'induction nous le permet, du bien comme du mal, selon l'usage ou le choix que les humains savent en faire en leurs aspirations légitimes?

Ce serait une grande erreur de croire que les travaux des hommes tournent tous à leur profit et à leur gloire ; chaque chose a son revers de médaille ; il n'existe de perfection absolue que dans les œuvres du Créateur. Tout ce qui vient de l'homme est incomplet comme lui. Mais cela ne doit point nous empêcher de rechercher, d'admirer tout ce qu'il sait faire de vraiment utile et de grand.

Parmi les inventions qui ont le plus contribué au bien de l'humanité, l'imprimerie occupe le premier rang. A elle seule, cette découverte, en donnant aux hommes la puissance de se parler, de s'entendre d'un bout du monde à l'autre, par l'électricité du sentiment, précurseur sublime de la pensée, de se communiquer leurs travaux pour en partager les bienfaits, cette industrie, disons-nous, est devenue le vrai fondateur de la civilisation contemporaine. A la voix de cette auguste inspirée, l'homme arrache aux ravages du temps ses propres œuvres, pour lesquelles le temps fut toujours sans pitié, les préservant par là de la destruction et de l'oubli. Par son influence, ses effets sur toutes les conceptions humaines, elle peut, à bon droit, être considérée comme la seconde mère du commerce, de l'industrie, des lettres, des sciences et des arts. C'est elle seule qui, en les propageant, les préserve de cette destinée fatale réservée aux œuvres qui ne viennent pas de Dieu.

Avant sa venue, que de découvertes ont été perdues faute de pouvoir en conserver l'histoire dans des livres qui, se répandant partout, sont devenus les archives où le genre humain grave ses annales. L'imprimerie, disons-nous, en rendant impérissables toutes ces merveilles, a régénéré l'espèce humaine ; à sa voix, il ne sera plus possible désormais que les hommes ne s'entendent pas d'un pôle à l'autre.

Comme l'Évangile, qui parlant à tous le langage du cœur, convie les peuples à la communion et à la paix, l'imprimerie, par l'électricité de la pensée, en rompant les barrières qui les séparent, les porte à se voir réciproquement, à s'entendre, à s'aimer, et en les rendant solidaires des tra-

vaux les uns des autres, elle les convie à la
fraternité.

Sur les ailes rapides de l'imprimerie, les
lumières de l'Europe vont partout : en
Chine, en Orient, dans les Indes, et celles
de ces premiers berceaux du monde peuvent revenir en Europe. Par le jet lumineux des idées, elles circulent à l'envi sur
tout le globe, où le besoin des peuples, où
leur simple curiosité les appelle. L'imprimerie reproduisant en bloc les chefs-d'œuvre, les renvoie pour modèles à ceux qui
veulent les imiter, et, s'ils sont reconnus
vraiment utiles, ils acquièrent droit de domicile et s'y perfectionnent, l'esprit d'imi-
tation fécondant l'invention.

Aussi n'est-ce que depuis la découverte
de Guttenberg que l'homme est devenu
cosmopolite. Les usages, les mœurs, les
costumes mêmes des autres peuples, leurs

pensées, leur vie parfois semblent vibrer en lui, tandis qu'autrefois il était en défiance, indifférent du moins, souvent ennemi de tout ce qui n'était pas son pays. Aujourd'hui, quelle merveille ! au moyen de l'industrie appliquée à l'agronomie, au perfectionnement des races, les plantes elles-mêmes, les espèces diverses, leurs fruits, sont de tous les climats. Par cette communauté de richesses, tous les trésors de la terre seront bientôt le partage du genre humain, au lieu d'être exclusivement réservés aux zones heureuses qui, les faisant éclore comme biens indigènes, en jouissaient seules en égoïstes.

Comme dans les œuvres du Créateur, tout s'enchaîne parfois dans les inventions des hommes, leurs découvertes, leurs travaux convergent, se tendant les bras pour se prêter main-forte.

Ainsi, un siècle avant la venue de l'imprimerie, de cette « artillerie de la pensée, »
selon la pittoresque expression de Rivarol,
la boussole, sa sœur, sa missionnaire aujourd'hui, avait devancé cet art sublime.
Elle semblait née pour appeler sa compagne à venir vite prendre sa place auprès
d'elle, lui assurant un passage sûr et rapide au milieu des Océans immenses qui
s'opposent à la communication des peuples
par la barrière des abîmes. Sans la boussole, en effet, que de chefs-d'œuvre en tous
genres, sortis des travaux de l'impression,
n'eussent point doté l'univers en circulant
sous toutes les latitudes et y répandant leur
fécondité. Et combien de siècles il eût fallu
à cet apôtre éloquent pour se faire entendre
en tous les pays qu'il éclaire aujourd'hui
de ses lumières, à l'instar du disque du
soleil qui échauffe, féconde et fait rouler les
mondes.

7

Sans prétendre à une mission aussi haute, il est encore d'autres découvertes qui contribuent puissamment au bonheur de l'espèce humaine. Telle est la vaccine, dont les effets merveilleux sont dus à un médecin anglais, vrai philanthrope, et qu'on peut appeler à juste titre le bienfaiteur de l'humanité, puisque depuis sa venue la petite vérole confluente, épidémie inévitable et souvent mortelle, est victorieusement prévenue ; or, une découverte qui assure la vie des hommes, ou au moins qui les préserve de la dégradation physique et parfois de l'hébétude morale à laquelle la petite vérole réduisait un grand nombre, selon les temps et les climats, mérite les éloges et l'admiration de tous les peuples qui en profitent, ainsi que la reconnaissance envers le génie patient qui la leur livre comme remède infaillible.

Mais revenons au but de notre ouvrage, celui de faire voir que ce sont les découvertes modernes, fruits des efforts assidus des hommes, qui poussent aujourd'hui le genre humain, par ses aspirations et ses tendances, à une réforme sociale universelle. Ainsi, aux grandes inventions déjà citées, il faut joindre celle du paratonnerre, la découverte de la poudre, celle ingénieuse et puissante du daguerréotype, le télégraphe électrique, écho universel de la pensée; la vapeur, esclave tout à la fois et bienfaitrice de l'homme; la vapeur, mère féconde des chemins de fer. En effet, ce sont ces voies nouvelles qui, par leurs résultats sur les travaux de l'industrie, leur influence sur le commerce, constituent la plus belle conquête des temps modernes.

Par ces voies de communication entièrement inconnues aux anciens, nos contemporains ont triplé la valeur du temps, si rapide dans sa course; ils l'ont vaincu et subjugué en effaçant les distances, les espaces qui, séparant les contrées entre elles, leurs œuvres et leurs produits, empêchaient les peuples de s'entendre et de se communiquer leurs richesses. Ainsi, de proche en proche, grâce aux nouveaux chemins tracés par la vapeur, le génie a réellement des ailes, il se répand partout, et tel que les dieux d'Homère, il atteint d'un bond les bornes du monde.

En voyant de telles métamorphoses, que dirait aujourd'hui Voltaire, lui qui, dans son admiration pour le commerce aux cent bras, osait s'écrier de son temps :

Voyez-vous pas ces agiles vaisseaux,
Qui du Texel, de Londres, de Bordeaux,
S'en vont chercher, par un heureux échange,
De nouveaux biens nés aux sources du Gange,
Tandis qu'au loin, vainqueur du Musulman,
Nos vins de France enivrent le sultan.

Que penserait aujourd'hui ce puissant

génie, qui avait tant rêvé, tant deviné de la civilisation contemporaine, s'il contemplait l'Europe donnant à l'Asie, par une voie sous-marine (1), une main fraternelle, et, pour remercier l'Orient des lumières qu'il fut le premier à répandre en Occident, l'Europe volant à son tour déverser sur ces climats enchanteurs le trop-plein de sa fécondité nouvelle?

Le Persan, le Turc, le Chinois, le Cochinchinois, l'Africain, l'Arabe, l'Algérien devenu de plus en plus soumis, tous ces peuples vaincus ou à vaincre, malgré leurs préjugés, leurs rancunes, leurs préventions contre l'Europe, modifient déjà leurs coutumes et leur politique; et en acceptant la morale de notre Évangile, de nos mœurs et de nos lois, ils prendront insensiblement

(1) L'isthme de Suez.

7*

leur place, au concert de la grande famille humaine, pour toutes les aspirations et les idées que leurs climats divers ne repoussent pas invinciblement. Car, comme le dit Montesquieu, il existe de par la loi des milieux où nous vivons, des puissances occultes contre lesquelles le génie de l'homme sage ne doit point s'insurger; elles sont plus fortes que tous ses efforts, toutes ses volontés; elles peuvent être modifiées dans leurs effets mais jamais détruites (1).

Du point de grandeur et de puissance matérielle où est parvenue aujourd'hui l'humanité collective, il importe d'examiner quelles sont les nations de l'Europe qui

(1) Rien n'est plus clairement écrit dans le livre des destinées, a dit Jefferson, que l'affranchissement des noirs; et il est tout aussi certain que deux races également libres ne pourront vivre sous le même gouvernement: la nature, l'habitude et l'opinion ont établi entre elles des barrières insurmontables.

ont le plus contribué à en accélérer la marche, afin d'être juste et reconnaissant envers elle.

Depuis cent cinquante ans, l'Angleterre, par la liberté dont elle jouit, au moyen de sa constitution politique, a vu son industrie, son commerce grandir toujours, et sa puissance s'étendre à la mesure de tant de richesses ; non-seulement elle a rendu tour à tour tributaires les différents peuples du continent, mais encore elle a régné en souveraine dans l'Inde et sur d'autres riches contrées d'outre-mer, attendu que longtemps elle a possédé sans partage le sceptre puissant de Neptune. Par ses inventions dans les arts utiles, elle n'eut guère d'autre rivale que le génie de la France, dont elle fut longtemps l'implacable ennemie : génie bien redoutable en effet, si la France eût été libre, mais qu'elle domina facilement après la chute du premier Empire jusqu'à l'ère féconde du second ; toujours en appuyant sa force sur les traités surgis de 1815, traités liberticides qui avaient fait descendre alors la France, du premier rang qu'elle occupait comme nation civilisée, au rang vulgaire de nation vaincue !

Si, par la paix, les restaurations successives des deux branches aînée et cadette des Bourbons laissèrent la France exercer librement son industrie intérieure et grandir avec elle, elles ne lui permirent pas d'en étendre au loin les produits et d'en tirer les avantages qu'elle aurait dû en recueillir, enchaînée qu'elle était par les obstacles que les divers États de l'Europe avaient odieusement dressés contre elle.

Jusqu'en 1848, c'est donc à l'Angleterre seule qu'appartient la palme et le titre de nation *libre*, et la plus puissante du Continent.

Sous la république nouvelle, la France en convulsions se relève ; mais elle ne reprend vraiment son rang et n'affermit sa puissance qu'à l'avénement du deuxième Empire.

Napoléon III, lui aussi, inspiré par son génie de race, comme l'avait été le fondateur; Louis Napoléon, en inaugurant sa puissance sous l'empire des idées nouvelles et des nécessités du temps, prit pour programme de sa politique l'axiome de : *l'Empire c'est la paix* : l'Empire, sachez-le bien, lecteurs appelés à lire et à juger cet ouvrage (dont le mérite seul peut-être est dans la conviction de l'auteur), l'Empire nouveau, c'était beaucoup plus que la paix !

La paix, en effet, c'est le travail, sa force, sa puissance, la gloire dont la France rayonne dans toute sa majesté, au centre des États de l'Europe, qui semblent aujourd'hui la regarder, la contempler et l'interroger tout ensemble pour savoir jusqu'où elle veut aller, non dans le but de l'arrêter, mais pour la suivre........

Mais aussi, quel géant d'industrie, quel infatigable pionnier politique que Napoléon III ! Son génie d'intuition appliqué à l'Empire, dans les vues héroïques de rétablir, pour le peuple français, le rang qu'il avait perdu, en le constituant libre au moyen de la loi fondamentale, l'a placé à la tête des plus grands conquérants du monde et des bienfaiteurs de leurs pays, comme il confère à la France le titre de grande nation, sauvegardienne des libertés du monde ! La France, en effet, aujourd'hui, par son savoir, ses mœurs souples et communicatives, sa modération, sa tolérance, ses libertés, son influence, est devenue l'oracle et presque l'arbitre des nations du continent d'Europe et de l'Afrique, qu'elle rend française au double titre du droit et des mœurs.

L'Angleterre a si bien compris la valeur de notre position qu'elle fraternise avec nous, en proclamant de concert *le libre échange* par un traité de commerce, servant d'exemple aux autres pays qui aspirent à la liberté; elle rompt hardiment, par les voies du travail, le joug injuste et barbare de la race nègre, qu'elle affranchit aux yeux étonnés du monde, et d'un élan commun avec la France (1).

Mais le côté surtout par lequel Louis Bonaparte se montre sans égal aux nations civilisées, plus puissant que Charlemagne, au-dessus de Napoléon le Grand, dont il

(1) Canning avait défini un navire négrier « la plus grande réunion de tous les crimes sur le plus petit es--pace. »

est si glorieux de descendre, c'est par l'ascendant de sa politique en toutes ses re-
lations extérieures. Ayant adopté pour
règle cette maxime profonde de l'auteur
sublime de *l'Esprit des lois* : « que la raison humaine finit toujours par avoir raison, » maxime par lui dès longtemps vé-
rifiée à l'école du malheur, c'est par la
franchise, la loyauté d'une politique habile, pressante, irrésistible; par sa sagesse
auprès des nations de l'Europe, que dis-
je de l'Europe! de tous les continents qui
s'y rattachent par leurs intérêts diploma-
tiques et leurs traités de commerce, qu'il
est le plus grand homme du siècle!

Qu'il est supérieur, en effet, dans son
respect pour le papisme! qu'il est fort dans
son refus superbe, de trancher le nœud
gordien; dualisme politique, recélant sous
la foi l'amour divin au-dessus des disputes

humaines, et que le temps seul saura résoudre ! . . . .

Il faut joindre à ces hardis coups de maître par lesquels le règne de Napoléon III se distingue, l'entreprise gigantesque de la guerre d'Orient ; ses éclatants triomphes sur le Bosphore, en solidarité de périls et de gloire avec l'Angleterre ; ceux d'Italie, si rapides, si décisifs, si justes sur les usurpations, les duretés de cœur de l'Autriche, contre laquelle l'humanité armée proteste par les soulèvements des Italiens, de ces Romains nouveaux, régénérés, invincibles par leur courage et leurs droits.

Ces guerres ! quelle profondeur de vues ! quelle puissance d'action ! quelle audace ! quel amour de la liberté, de l'ordre, du droit par la justice elles révèlent dans l'esprit de l'homme qui, plus puissant que la fortune elle-même dans la victoire, s'arrête magnanime, immuable, sur la pente du succès, au point juste où le triomphe peut devenir un danger?

Cependant Napoléon III, vaillant comme César, infatigable comme Alexandre, ne borne pas là son courage. Invincible dans son activité, soit que, par le décret du 24 novembre, il nous livre à pleins bords la liberté politique (1), soit qu'il donne les franchises municipales tendant à la décentralisation des pouvoirs; soit qu'il descende un moment du sommet de la politique, où il anime et dirige les grands corps de l'État par son exemple au travail; soit qu'il s'occupe d'économie sociale et desintérêts privés en vue du bonheur général; soit qu'il rende à la France par l'épée de Magenta Nice et la

(1) Je donne aux Athéniens, disait Solon, non les meilleures lois possibles, mais les meilleures qu'ils puissent supporter!..... Il en est ainsi de la *liberté*, quand on redoute qu'elle devienne *licence*.

Savoie; soit que, pour couronnement de
l'œuvre, par ses croisades nouvelles de Chine
et de Syrie, il proclame son apothéose....
il ne veut que le bien de son pays, le res—
pect de ses droits. Toujours descendant aux
détails afin de mieux embrasser l'ensemble,
pour faire progresser l'industrie, il ouvre
partout les voies vicinales, artères si essen-
tielles à la vitalité d'un grand pays; il mul-
tiplie les brevets d'invention, provoque des
comices agricoles; il juge par lui-même des
essais d'acclimatation, des expositions d'hor-
ticulture; il ordonne des concours aux éle-
veurs d'animaux. Pour faire progresser les
arts, sous ses ordres, on construit à grands
frais le Palais de l'Industrie, où les nations
étrangères viennent apporter leurs chefs-
d'œuvre, fruits de leurs richesses nationales
mis en enjeu pour gagner le prix.

Dans son amour de la gloire, et par or-

gueil de la France, il envoie des ingénieurs
émérites percer d'outre en outre le Mont-
Cenis ; il fait voter des millions pour contri-
buer dignement à l'exposition de Londres,
où tous les peuples du globe doivent étaler
leurs produits, leurs œuvres d'art et d'industrie en tous genres ; pour honorer seulement le génie et sans la moindre ambition
de conquêtes. Il fait mouvoir l'édilité pari-
sienne pour doter Paris ; il abat des rues,
des quartiers insalubres, aussitôt remplacés
par d'autres, et par des squares ombreux,
fleuris, vivifiants, par l'air vital qu'on y
respire, dignes enfin de la grande cité du
dix-neuvième siècle et des citoyens qui l'ha-
bitent.

Infatigable pour le travail, marchant
toujours de merveilles en merveilles, il
achève le Louvre, embellit tous les monu-
ments des arts, et double la grandeur de

la ville, triplant sa puissance intérieure, et son influence au dehors sur toute la province et l'étranger. De nos jours, Paris est devenu ce que fut jadis l'ancienne Rome ; le point de ralliement de l'Europe, de tout le continent, dont notre ville capitale est à bon droit, la protectrice et l'institutrice. . . . .

. . . .

Il importe de placer ici quelques réflexions rétrospectives.

Nous avons vu, en fouillant dans les annales des temps antiques, tout ce que le travail de l'homme a fait de grand pour l'humanité. Nous savons que c'est par la même voie, quoique par des procédés différents, que l'Europe moderne, en profitant des travaux de l'ancien monde, s'est pareillement civilisée. Seulement, il s'en faut de beaucoup que tous les peuples de

8*

notre continent aient toujours été ce
qu'ils sont aujourd'hui! Le Midi, le Centre,
l'Occident, à des degrés divers, ont joui les
premiers des bienfaits des lumières, tandis que le Nord était encore plongé dans
les ténèbres de la plus épaisse barbarie.
Les causes en sont par trop faciles à trouver, ce n'est pas ici le lieu de les déduire.

Depuis le Portugal, l'Espagne, l'Italie,
même proclamant son indépendance, jusqu'aux derniers confins de l'empire mos-
covite, partout, du Midi au Nord, non-seulement l'habitant des villes, mais encore
celui de la campagne, gravite vers le perfectionnement social. Par la seule force
des choses, la Hongrie, la Pologne peu à
peu redeviennent libres, tant leurs droits
sont sacrés (1); les nations ne périssent

(1) Libres de *cœur*, malgré le nouvel état de siége de
Varsovie, non encore ordonné par l'autocrate quand je
traçais ces lignes.

d'ailleurs qu'autant qu'elles le veulent. En tous pays, disons-nous, l'élément civilisateur éclate et se fait jour. Partout, l'alimentation, le vêtement, le logement, l'assainissement des lieux par l'air salubre et la lumière, l'instruction élémentaire, constatent des progrès incalculables.

Si la France et l'Angleterre sont les deux foyers généreux d'où brille et se répand une lumière plus vive et plus féconde, les raisons de cette supériorité incontestable ressortent de leur constitution politique, ayant la liberté pour principe.

Ainsi donc, aujourd'hui, toutes les nations, pour tout ce qui tient aux arts, à l'industrie, ont les sens exercés, les goûts épurés : de là leurs aspirations au bien-être matériel fort légitimes : leurs besoins de l'esprit aussi sont d'autant plus universels, plus étendus, que les travaux des savants les proclament sur tous les points du globe.

Donc, rien dans la grande communauté de progrès social qui relie entre elles toutes les intelligences, du midi au nord, du levant au couchant, rien dis-je n'est perdu dans ces élans généreux : on peut dire qu'il en est aujourd'hui du génie humain comme de la Renommée : « *Vires acquirit eundo !* » Et, s'il y avait dans toutes ces ascendances du progrès général quelque chose à reprocher à la fortune, ce serait sa marche trop rapide !

En effet, si, par le travail des mains dirigé par l'intelligence, l'homme du 19e siècle a fondé sous mille rapports un état de bien-être dont à bon droit eussent pu être jalouses les nations deshéritées des siècles derniers, il faut convenir aussi (et, sans paradoxe, cela touche à la décadence) que, si, avec la puissance de satisfaire ses désirs, l'homme a centuplé ses besoins réels par la surexcitation des sens, en les doublant constamment de besoins factices, enfants de la paresse, du luxe et du caprice, il a beau avoir acquis la faculté de vaincre les obstacles en toutes choses, il peut être paralysé dans ses efforts pour atteindre le vrai honheur, puisqu'il ne sait point s'y arrêter.

> Est modus in rebus, sunt certi denique fines,
> Quos ultra citraque nescit consistere rectum,

a dit Horace. — Voilà l'écueil, prévu déjà au début de mon livre, écueil dressé entre Scylla et Charibde; il est formidable en ce moment pour toute l'Europe en marche de reconstituer sa politique.....

Mais c'est surtout pour la France que, sur ce point redoutable, je ne crains pas d'élever une voix prophétique. La France, qui par son génie éclaire et féconde l'univers ; la France, placée au centre de l'Europe comme une planète, projette ses rayons lumineux jusqu'aux contrées les plus lointaines et les fait graviter autour d'elle, par la force seule de ses idées ; la France, si forte et si puissante, touche au déclin (il faut bien le dire), par l'excès même de ses richesses.

Ce sont ces lugubres symptômes dont il faut signaler la cause, en portant une main hardie sur cette plaie profonde, *l'immoralité* publique, qui déborde et couvre le corps social ! cancer dont périrent tant de peuples antiques, tant de villes riches et puissantes : Athènes, Bysance, Carthage, cités florissantes de l'Asie, de l'Afrique et de la Grèce, qui succombèrent toutes par leurs excès, comme Rome dégénérée s'abima sans retour au temps du Bas-Empire !

Luxuria Romæ incubuit, et totum ulcicitur orbem !
Le luxe entra dans Rome et vengea l'univers de sa défaite.
(LUCAIN.)

Résumons :

Nous savons que, depuis un demi-siècle, époque où une ère nouvelle de politique fut inaugurée en Europe par une trêve, sinon par la concorde des peuples, la France, si longtemps absorbée par les guerres, a tourné son génie vers les arts de la paix ; nous avons vu que c'est de cette époque en travail que datent presque toutes les découvertes nouvelles qui ont le plus contribué à sa grandeur ; nous savons que ces découvertes ont été les instruments les plus actifs de ses richesses matérielles comme de sa supériorité morale sur tant d'autres peuples devenus ses émules, autrefois ses rivaux. Nous voyons que c'est par l'industrie surtout (vers laquelle le peuple a tourné ses forces vives), que la richesse, de la main des uns est descendue en paillettes d'or dans les mains avides des autres; pas assez pourtant pour constituer encore en faveur de ces derniers la fortune essentielle à un complet bien-être, mais assez pour leur en faire sentir le prix et la leur faire désirer; beaucoup trop surtout pour les oisifs paresseux brûlés de la soif de posséder, de jouir de tout sans rien faire.

Du sein de cet horrible chaos des passions sans frein, la lutte incessante est remontée par l'envie, de la tête des travailleurs à la source même du travail ; de la misère oisive et abjecte à la richesse indolente et sans entrailles : les puissants, ou grands capitalistes, se sont associés entre eux pour fonder, au moyen de l'argent, tout ce que jusqu'alors le génie seul avait su faire. De là des entreprises de travaux immenses, gigantesques, ont surgi, se sont de toutes parts constituées en chantiers, ateliers, fabriques de construction, non pour le perfectionnement de l'œuvre, mais pour la réussite des capitaux. De là aussi mille spéculations avortées, qui, en ruinant les bailleurs de fonds, ont seulement fait la fortune des entrepreneurs *trop habiles;* tout cela, au mépris de la conscience publique et de la morale indignées qui protestent : à ce point que la justice armée s'est émue, et est accourue au cri des victimes, pour faire entendre sa voix sévère, par la réticence du *Quos ego* juridique !

Cependant, cette soif de l'or n'a pas gagné seulement l'industrie commerciale.

9

A côté de cette ruche en travail que de frelons et de parasites ! que de mouches de coche pour faire avancer la roue incertaine de l'aveugle Fortune !

Les lettrés, les sophistes, ceux qui font le commerce de l'esprit par l'art de penser et de dire, eux aussi sont entrés dans l'arène, ont voulu s'enrichir, battre monnaie, en éblouissant et charmant tour à tour la foule oisive ; les ressorts de l'intelligence ont fonctionné de toutes parts, fait gémir la presse, pour produire et vendre leurs œuvres. Mais, dans les vues obliques des autres industriels, ils ont soin de livrer au commerce leur marchandise littéraire, pacotille insolite destinée à doubler des capitaux, trop souvent au mépris de la vertu publique et des lois qui doivent la protéger.

Si, pour le bien même des masses, les

excès dans les inventions matérielles peuvent devenir funestes par leur luxe, les
excès dans les productions de l'esprit sont
bien autrement redoutables pour la morale; je l'ai dit plus haut; les écarts dans
les lettres, en égarant les esprits, amènent
invinciblement la décadence des mœurs.
Les peuples, livrés insensiblement aux
excès, sentant leurs besoins se pervertir à
la mesure de leurs passions, n'ont plus de
boussole pour se conduire, *de criterium*
pour se reconnaître, ni de limite pour
s'arrêter. Pour fruits détestables de cette
école des mœurs, dérivant du *haut enseignement* de nos écrivains en commandite,
voyez la jeunesse contemporaine, vaine
et superbe, drapée dans sa paresse, son
incurie, sa nullité! Toujours occupé de
lui-même, regardez le jeune homme
aujourd'hui: il est en révolte contre tous

les devoirs, il se montre trop souvent fils ingrat, faux ami, mauvais frère ; et, pour marque indélébile de sa dégradation morale, foulant aux pieds le culte sacré de la femme, ce respect tendre ou filial, cette vénération traditionnelle qu'en tous les temps, par tous pays, les peuples policés ont su respecter, il est la honte de ce siècle, dont il devrait être l'ornement.

Aussi cette pépinière naturelle, où devrait se rajeunir la société, voyez-la dès ses plus jeunes années, sans printemps, flétrie, étiolée par l'abus des boissons fermentées, de la fumée d'un tabac enivrant les sens, étourdissant, hébétant l'esprit, ravalant le corps ; regardez-la, impuissante de tout et d'elle-même, se perdre dans l'abîme des excès en tous genres !...

A côté de ce sexe déplorable, voyez les défaillances de l'autre sexe, vérifiant cette terrible sentence de Sénèque : « *Nec un-quam, amissâ pudicitiâ mulier, cætera abnuerit !* » En effet, les femmes de nos jours, proscrivant, foulant aux pieds toute pudeur, brisant toutes les digues de la morale, ont enfanté ce *demi-monde* qui, par la bouche des courtisanes, tend à dévorer le monde entier. Ces Laïs, qu'une critique imprudente a ennoblies par la plume des *chercheurs d'or*, romanciers sans vergogne, dramaturges impudiques, ces Phrynés insatiables et cupides, ramenant le siècle de la Régence, tentent, par les jeux de hasard, les spéculations de la Bourse, comme elles amorcent par les jeux de l'amour les sens avides des financiers. Tantôt, s'attaquant aux fils de famille, elles détruisent la foi conjugale, ce sacré palladium du foyer domestique, gardien fidèle des bonnes mœurs; tantôt elles corrompent par calcul leur propre sexe....

9*

A la vue de ces séduisants exemples, l'impudicité est couronnée ; la vertu, tournée en ridicule, est proscrite ; les notions du bien et du mal sont confondues ; la paix du ménage est violée, et le doute, par l'effroi, s'emparant des âmes honnêtes qui en souffrent, abîme toutes les consciences, qui n'ont plus la force de se reconnaître pour protester, se sentant entraînées malgré elles sur la pente rapide des plaisirs jusqu'au gouffre des turpitudes.

Voilà ce que deviennent les mœurs contemporaines, dont la base autrefois reposait sur cette seconde éducation que l'homme puisait auprès des femmes dans le monde quand elle ne dérivait pas directement du foyer domestique, comme on en vit tant d'exemples à Rome : en Cornélie, mère des Gracques ; en Aurélia, mère de César ; en Attia, mère d'Auguste : illustres femmes qui firent de leurs fils les premiers hommes de leur siècle !. . . .

Ainsi, de nos jours, de tant de richesses accumulées à la fois par le peuple, l'équilibre rompu fait un désastre !. . .

Tel, le fils de famille, incapable, insoucieux de tout, dissipateur par essence, voit ses biens d'héritage se détruire et tomber en ruines ; tel le peuple indolent et aveugle qui abuse à cœur joie de ses richesses, va rapidement s'abîmer et se perdre dans les égouts du temps, sans laisser après lui la plus légère trace de son passage ; à moins que par cette loi occulte et toute-puissante d'une Providence, un jour, quelque historien illustre, tel que Montesquieu, ne grave son image dégradée près de l'image des Troglodites, pour qu'elle serve d'enseignement et d'exemple à la postérité qui juge.

Alors sera expliquée à l'homme cette

énigme sublime, formulée par le grand
David :

« Tradidit Deus mundum, disputationibus corum !»

« Dieu livra le monde aux hommes en
énigme à deviner. »

Ce qui, dans la sagesse divine, signifie :
A chacun sa destinée, selon son œuvre !
Justice distributive de Dieu, conférée par
la main des hommes.

Heureusement en France, malgré tant
de désordres, tant d'éléments de désorgani-
sation sociale, le sens moral est trop profond, les lumières aujourd'hui sont trop
universellement répandues; l'auguste main
qui dirige, sous l'influence de la *justice*,
est trop puissante, trop infatigable, pour
qu'un tel cataclysme s'accomplisse; les
hommes d'État qui secondent ses travaux
et son œuvre, les moralistes, les publicistes,

les savants économistes qui, en les appré-
ciant les contrôlent, sont trop éclairés, trop
perspicaces, trop épris de l'amour de la
patrie : le génie de la France, qui toujours
veille, est trop puissant, pour que, de ce
conflit des passions, pour que de cette
marée houleuse et mugissante, comme
parfois l'Océan, il ne s'élève pas bientôt à
la surface des eaux clarifiées, limpides et
fertiles : vraie rosée du ciel, sous laquelle
la bourbe inféconde s'abîmera et qui répan-
dra sur l'univers une nouvelle fécondité.

Et d'ailleurs, l'héritier du dix-huitième
siècle, élevé à l'école de tant de lumières, a
reçu de si hautes leçons! Il est trop grand
de lui-même, trop fort, trop profond pen-
seur; sa civilisation est trop vivace, trop
universelle pour ne pas arrêter la décadence
des mœurs au point où elle pourrait tout
détruire. A l'aide des lois toutes-puissantes,

il doit rasseoir l'édifice social sur un port assuré en le fixant à la vraie limite du juste et du bien ; c'est là, comme l'a dit un sage, que résida toujours la vraie sagesse, d'où découle sûrement le bonheur... Bonheur relatif pour la race humaine, puisque sur cette planète imparfaite, il ne peut exister pour elle rien d'absolu !!...

Oui, ce ne fut point en vain que le grand Architecte, en créant les mondes, plaça l'homme au premier plan sur la terre pour la gouverner d'après ses lois éternelles. S'il donna à cet être imposant (son plus digne ouvrage dans la création universelle) des facultés diverses, des besoins, des désirs, des tendances, des aspirations souvent opposées, il le dota aussi d'une raison qui dirige, d'une conscience qui juge, d'une activité, d'une virtualité qui le poussent et peuvent le retenir à volonté. Que s'il bégaya, s'il tâtonna si longtemps dans son enfance, afin de se nourrir et de s'abriter, de se maintenir et de vivre en multipliant son espèce, il ne faut en accuser que sa faiblesse organique...

Homme viril aujourd'hui, ayant acquis par ses travaux, son courage, ses conceptions sans bornes, tous les droits par tous les éléments désirables de bien-être, depuis la puissance de satisfaire ses besoins matériels jusqu'à celle de les élever, de les épurer, de les doubler même à l'aide des facultés morales et pensantes, l'homme ne peut, ne doit pas seulement se contenter d'exercer son être sur la matière; ses facultés supérieures de l'intelligence, elles aussi, ont le besoin, le droit de se produire et de jouir dans l'ordre de l'économie organique, comme toutes les puissances ou passions nobles du corps humain; de là, la morale universelle par le progrès, gravitant vers la suprême perfection qui est Dieu...

Ainsi, l'homme de notre siècle ne saurait s'anéantir tout entier, et la France, en s'appuyant sur sa force, doit vivre à jamais grande et heureuse !

18 octobre 1861.

PARIS. IMP. PAUL DUPONT, RUE DE GRENELLE-SAINT-HONORÉ, 45. (843)

www.ingramcontent.com/pod-product-compliance
Lightning Source LLC
Chambersburg PA
CBHW060836250626
47162CB00005B/2082